AURÉLIEN BARRAU

Il faut une **révolution** politique, poétique et **philosophique**

ENTRETIEN PAR CAROLE GUILBAUD

▶▶ *Depuis l'appel du 3 septembre 2018 que vous avez lancé dans le journal* Le Monde *signé par 200 artistes, écrivains, philosophes et scientifiques, depuis votre ouvrage* Le plus grand défi de l'histoire de l'humanité. Face à la catastrophe écologique et sociale *(Michel Lafon, 2019), où vous dressiez un bilan synthétique et non exhaustif de l'état d'un monde à l'agonie, nous vérifions, malheureusement, la justesse des prévisions et des avertissements scientifiques les plus alarmistes. Vous vous défendez d'appartenir à la « collapsologie », un des courants récents des sciences de l'Histoire qui s'efforce de penser, pour l'anticiper, la dystopie d'un effondrement systémique. Il est sans doute des nuances et des subtilités qui mériteraient d'être clarifiées pour comprendre votre position ?*

L'idée d'un effondrement est correcte. D'ailleurs, nous sommes en plein dedans ! Nous avons déjà éradiqué – sur des échelles de temps différentes – plus de la moitié des mammifères sauvages, plus de la moitié des poissons, plus de la moitié des insectes et plus de la moitié des arbres. C'est fait. Chaque année, 800 000 personnes meurent de la pollution en Europe et un rapport récent évoque une cause environnementale pour un nombre voisin de décès annuels dans le bassin méditerranéen. Ce sont des chiffres faramineux. Le discours catastrophiste ne relève donc pas d'une crainte pour l'avenir mais d'un constat quant au présent. Il s'agit d'une réalité qu'on pourrait dire factuelle – même si ce terme péremptoire me met toujours un peu mal à l'aise.

Il n'y a par conséquent aucune raison fondamentale de faire preuve de défiance envers la « collapsologie », d'autant que l'avenir, avec ses centaines de millions de réfugiés climatiques, ne peut que rendre cette direction d'étude essentielle. Il convient juste de garder à l'esprit que le débat public et la sphère médiatique dévoient presque instantanément tous les concepts et celui-ci n'y échappe pas. Ce courant de pensée ne doit simplement pas être confondu avec sa caricature annonçant la disparition imminente de l'espèce humaine. Préparer la chute de la civilisation thermo-industrielle fait sens. Mais osons aller plus loin : le véritable problème viendra peut-être d'une advenue trop tardive. Ne sous-estimons pas la résilience du système actuel. Elle est – pour le meilleur et pour le pire – absolument extraordinaire. La capacité de notre société à intégrer, pour ne pas dire ingérer, toutes les tentatives d'extraction pour les retourner en alliées potentielles est à la fois remarquable et pathétique.

C'est d'ailleurs une des raisons pour lesquelles il me semble préférable de renoncer à la médiatisation : même pour y exprimer des idées contestataires ou révoltées, faire le tour des plateaux télé entérine – de fait – ce qui est critiqué.

Il faut être précis avec le concept d'effondrement. De quoi exactement parle-t-on ? De la vie en général ? Des animaux ? De l'humanité ? Du monde occidental ? Du capitalisme ? De la technoscience ? Et, suivant la définition que l'on choisit, se pose alors la question : un éventuel collapse serait-il nécessairement une catastrophe ? Ce n'est pas l'effondrement en tant que tel qui serait dystopique : un effondrement différentiel pourrait être parfaitement acceptable, et sauver le « monde tel qu'il est », avec ses injustices délirantes et son architecture néocoloniale, ne me semble pas particulièrement souhaitable. Le problème tient à ce qu'il est possible que les structures de solidarité s'effondrent plus vite et plus fort que les schèmes de prédation. De toute façon, la situation actuelle ne peut physiquement pas perdurer.

▸▸ *Vous proposiez dans votre livre un certain nombre de « directions simples [...] pour commencer à endiguer la catastrophe ». Des champs nouveaux parmi les propositions que vous évoquiez émergent-ils ?*

Les esquisses étaient naïves. Les « petits gestes » et autres « initiatives individuelles » sont certainement bienvenus. Mais ce n'est plus la question de fond. Un problème systémique ne peut avoir de solution que systémique. Il faut une révolution politique, poétique et philosophique. Dans un jeu où nous sommes sûrs de perdre, il n'est pas utile de faire un bon coup, il faut changer les règles. Le reste relève du détail ou du cache-misère.

▸▸ *Günther Anders observe dans* La Menace nucléaire. Considérations sur l'âge atomique *que « nous ne vivons plus dans une époque mais dans un délai. C'est aujourd'hui que ces termes "fin du monde", "apocalypse" prennent un sens sérieux* *et non métaphysique ; depuis l'année zéro (1945), ils désignent pour la première fois une fin réellement possible ».*

Vous appelez inlassablement à l'urgence d'agir. À travers un procédé de gradation, vous employez le mot « disparition », puis « extinction des espèces » jusqu'à l'expression d'« extermination du vivant ». Par ce choix, que nous imaginons fort conscient de votre part, vous nous rappelez non seulement que la catastrophe a déjà eu lieu et se poursuit mais, par la sémantique employée, est-il exact d'interpréter que vous établissez par cet effet la continuité de forces destructrices à l'œuvre en effaçant les hiérarchies entre espèces, celles-ci étant menacées pareillement, de l'humain au vivant non humain ?

C'est une question très lourde. Trop lourde pour qu'il soit possible d'y répondre sans inconfort.

Il est vrai que le champ lexical importe. Je suis las de l'emploi quasi systématique de termes édulcorés pour désigner des drames majeurs tandis qu'une diabolisation immodérée de toute subversion se déploie parallèlement et subrepticement. Il serait important, par exemple, d'utiliser (quand il est approprié) le terme de « réfugiés » plutôt que de « migrants ». D'utiliser celui de « racisme systémique » plutôt que d'« inclusivité insuffisante ». D'utiliser, en effet, celui de « catastrophe » plutôt que de « crise » pour référer à l'effondrement de la vie sur Terre. Et de se garder des épouvantails abhorrant toute réflexion, comme l'inépuisable « terrorisme » qui, de par sa simple énonciation, entend éluder toute tentative d'analyse.

Le concept d'« anéantissement biologique global » émane de chercheurs spécialistes. J'avoue peiner à imaginer une situation qui pourrait, plus que celle-ci, mériter l'emploi d'un vocabulaire emphatique et radical.

Soulignons les continuités et les contiguïtés entre vivants humains et non humains, sans nier aucune des différences. Il est par exemple acquis que l'évolution biologique procède d'un processus continu. L'espèce humaine n'est ni plus ni moins singulière que chaque autre espèce. Elle ne nous semble « isolée » que parce que nous adoptons un point de vue particulier : celui des humains. Il ne fait aucun doute que du point de vue des poulpes, avec leurs cerveaux délocalisés dans les tentacules et leurs comportements subtils, insolents et inventifs, les pieuvres sont tout à fait singulières ! Dans ce cas, voir et comprendre la continuité relève de la rigueur et de l'humilité.

▶▶ ***Identifiez-vous un mouvement aveugle de même nature que celui qui a permis Auschwitz, l'expansion coloniale et toutes formes associant idéologie et rapport de domination fondés sur l'inégalité ?***

Là encore, l'interrogation demeure bien trop effrayante pour qu'une réponse claire puisse y être apportée. En un sens, il est effectivement important de s'astreindre à déconstruire les murs artificiels dressés par arrogance ou aveuglement entre certains processus qui relèvent de dynamiques comparables. Il existe certainement un *continuum* des violences et des brutalités qui découle structurellement de la réification de l'autre et de l'instrumentalisation de la vie.

Pour autant, il est tout aussi important de ne jamais nier la spécificité et l'unicité de chaque événement majeur. Auschwitz est unique. Absolument unique. Et il y aurait une scélérate indécence à le nier. Le crime colonial est unique. L'acceptation implicite d'un système (le nôtre) dans lequel un enfant meurt de faim toutes les cinq secondes tandis que les pays riches gaspillent près d'un tiers de la production alimentaire est unique. Chaque abomination est sans équivalent, incomparable : un relativisme laxiste et nivelant serait obscène. Peut-être la barbarie est-elle universelle mais ses manifestations sont toujours spécifiques.

S'il fallait se permettre un parallèle – avec toutes les réserves nécessaires –, il concernerait, je crois, l'image de *la banalité du mal*, telle que proposée par Arendt. Il est difficile, observant aujourd'hui tous les partisans zélés d'un prétendu « progrès » qui extermine les vivants, de ne pas être frappé par la terrible capacité des humains à servir, sans le moindre recul, sans la moindre mise en perspective, tous les attendus du système dans lesquels ils évoluent. Même face à l'évidence ou à l'imminence du désastre. Le rapprochement doit être considéré avec d'infinies précautions et ne porte que sur l'inconséquence du suivisme aveugle, bien évidemment pas sur les particularités et les modalités des situations considérées.

Le retournement nécessaire ne passera pas par les structures politiques usuelles. Moins encore par les réseaux sociaux ou les ouvrages – pullulant ces derniers temps ! – où la narration de l'anecdote personnelle s'exhibe en lieu et place d'une analyse théorique approfondie.

Il va falloir être enfin un peu sérieux, c'est-à-dire audacieux et séditieux. Même les scientifiques devront sortir de leur confort : produire de nouveaux calculs ou inventer de nouveaux objets n'aurait d'effet qu'à la marge. Non seulement parce que la hausse d'usage surcompense toujours la hausse d'efficacité mais plus profondément parce que ce n'est même plus la question centrale. Il s'agit de refondre les valeurs et les symboles. Si la direction ne change pas, le chemin suivi importe peu.

▶▶ ***Vous sentez-vous proche de la démarche d'un Günther Anders que l'on pourrait qualifier de désespéré dynamique, au sens où cet homme fait état de sa sidération avant de s'engager profondément, non seulement dans l'observation minutieuse des mécanismes de destruction à l'œuvre mais en alertant par une écriture accessible au plus grand nombre, pour ce qui est de son combat, sur les enjeux du nucléaire ? Contemporain des deux Guerres mondiales et d'Hiroshima, il relie l'usage d'une***

technique sans limites à la disparition inéluctable de l'homme sur un fond délibéré de légèreté et de futilité.

J'aime beaucoup, chez Anders, le concept de *surliminal*, forgé en contre-pied du subliminal : il s'agit du « trop grand » pour être perçu. En effet, les images d'une guerre nucléaire à venir, comme de l'anéantissement de la vie en cours, sont trop immenses pour être pensées ou ressenties. À l'instar du chiliogone de Descartes : on peut le concevoir mais non point l'imaginer. Nous avons affaire à des méta-crimes. Des crimes contre l'ontologie de la vie. Des zoélises.

Ce n'est parce que nous nous sommes habitués à certains concepts ou à certaines situations qu'ils sont acceptables ou maîtrisés. Nous ne comprenons toujours pas vraiment la gravitation universelle même si la chute des corps nous est familière. Il serait peut-être temps de se rendre compte que notre prédation suicidaire est, elle aussi, incompréhensible. L'omniprésence des schémas de surconsommation et les réflexes de dépendance qu'ils induisent ne justifient rien. Arguer pour la poursuite inertielle du cataclysme est un choix étrange en cela qu'il n'est pas même posé comme un choix. On peut s'habituer au pire : il n'en demeure pas moins le pire.

▸▸ ***Contre toute attente, un désespoir dynamique, propulsant de la critique avisée à l'action, ne devient-il pas le premier jalon d'une liberté et d'une lucidité reconquises ? Autrement dit, la sagesse passe-t-elle par le fait d'assumer pleinement le désespoir où nous plonge ce monde dont par nos usages de consommateurs nous sommes devenus les meurtriers indirects, les « coupables innocents » selon le mot de Günther Anders ?***

La sagesse est sans doute un leurre mais, en effet, un peu de lucidité serait bienvenue. Kierkegaard considérait le désespoir comme le péché cardinal. Mais l'absence de désespoir, face à l'évidence du cataclysme, l'est tout autant...

Une question triviale pourrait être posée : est-ce que ça

vaut le coup ? Connaissant l'immensité des souffrances et des destructions irréversibles associées au réel que nous échafaudons, assumons-nous nos hiérarchies ? Les revendiquerons-nous devant l'Histoire ? Car, même si les cadres s'évertuent à nous le faire oublier, ce que nous avons élaboré est contingent. Tout pourrait être autre. Nous ne sommes pas obligés de faire ce que nous faisons. Nous avons donné à un déficient mental manifeste, égotique et brutal, Donald Trump, une puissance nucléaire capable de rayer l'humanité de la carte. Rien ne nous y forçait. Et ce n'est là qu'un exemple facile car, en réalité, les dirigeants plus éduqués et plus raffinés perpétuent bien souvent – avec distinction et savoir-vivre – un système d'aliénation et d'exploitation tout aussi mortifère.

Il nous semble parfois que tout cela ne peut être infléchi. Nous serions des Sisyphe condamnés à rouler sans fin la pierre du consumérisme. Ça n'a aucun sens : on ne pourrait pas mettre fin à l'hiver nucléaire résultant d'une guerre mondiale par une simple décision collective. Nous serions devant une factualité qui nous dépasse. Mais, tout au contraire, revoir drastiquement notre organisation ne relève, si on hiérarchise les difficultés sérieusement, que d'un effort dérisoire.

De la même manière, il existerait des « réalités économiques ». C'est faux. Il ne s'agit que de conventions, très aisément déconstructibles. Rien à voir avec le CO_2 rejeté dans l'atmosphère qui, quant à lui, constitue effectivement une réalité *définitive* (aux échelles de temps pertinentes pour l'humanité).

Nous ne pouvons plus nous permettre le luxe du sentiment d'innocence dans la culpabilité. Notre génération est celle d'un *crime contre l'avenir*.

▶▶ ***Cette révolution écologique à laquelle vous appelez, face aux conséquences démesurées de nos gestes les plus ordi-***

naires, face à un monde devenu hors de saisie, est-elle, si l'on parvient à dépasser une impuissance inhérente à la modernité, indissociable d'une remise en question de tout ce qui soutient l'idée de croissance ?

Est-il possible de poser des limites à l'exploration scientifique alors que celle-ci, historiquement, a cherché à avancer et a indéniablement progressé en s'émancipant, en transgressant la morale – morale associée à la vision religieuse ? Dans quelle mesure le fait que tout ce qui est techniquement possible n'est pas éthiquement souhaitable peut-il conduire les chercheurs en sciences et en techniques à accepter une retenue salvatrice alors que l'exploration est le moteur même de leur discipline ?

Non, il ne faut pas renoncer à la croissance, il faut la redéfinir. Je pense sincèrement qu'il y a quelque chose de profondément débile – je n'ai pas de mot plus poli – à nommer croissance une éradication systématique de la vie sur Terre. La croissance vraie ne pose aucun problème : l'amour, la créativité, l'entraide, la connaissance, les explorations artistiques et scientifiques peuvent évidemment croître. Elles le doivent ! Mais la production délirante d'objets inutiles, devenue une fin et non plus un moyen, doit être nommée pour ce qu'elle est : une maladie. S'il faut la nommer croissance, alors voyons-la comme une croissance tumorale.

Que les délinquants en costume osent qualifier de « progrès » le délire techno-nihiliste qui consiste à attendre le bus en parcourant son mur Facebook et sa galerie Instagram, bercé par les notifications Snap et Twitch, à proximité d'une poubelle connectée – alors même que les chants d'oiseaux ont presque disparu et que lire devient une quasi-anomalie – relève de l'aliénation.

Ne nous faisons pas d'illusions : il n'y aura aucune retenue de la part des chercheurs et des acteurs industriels. Ils demeurent, pour la plupart, prisonniers des carcans de leurs corporations et englués dans de pointilleuses convictions ratant la vision globale. Mais l'enjeu n'est pas de se restreindre : il consiste à s'interroger sur ce qui est désirable et à s'enivrer, sans réserve, de nouveaux enchantements.

L'avènement d'une société gestionnaire, étriquée dans ses desseins et sale dans ses rêves, montre qu'avec quelques décennies d'avance, Gébé avait raison. Il est temps de crier : « On arrête tout, on réfléchit et c'est pas triste. » Les bouffons ne sont pas ceux qu'on croit.

▶▶ *Comme vous le signaliez lors d'une rencontre à Genève, nous faisons l'expérience au sortir du confinement de « la formidable résilience du système capitaliste », pour nommer grossièrement le modèle qui prévaut et nous étrangle. Comment sortir du système monétaire, de ce système de conventions comme vous avez à cœur de le définir (ceci laissant entendre qu'il peut être modifié, abandonné) ? Plus que par une méthode brutale, est-ce par la douce détermination d'une refonte totale de nos modes de penser et de vivre qu'une chance d'habiter harmonieusement ce monde est encore possible ? Est-ce dans cet esprit qu'il nous faut décloisonner la pensée et les systèmes d'opposition artificiels entre science et conscience, nature et culture, raison et intuition... Cela suffirait-il à diminuer le « décalage prométhéen » (expression d'Anders) et à nous assigner une place plus juste dans l'échelle du vivant ?*

Oui, notre système est incroyablement résilient. C'est à la fois une bonne et une mauvaise nouvelle. La question de fond à ce propos est simple : ce monde mérite-t-il d'être sauvé ? S'il s'agit de se poser en gardien de la société telle qu'elle est, en cerbère de l'immobilisme, la réponse est vraisemblablement négative. L'empressement des pouvoirs publics à s'assurer, par exemple, que l'usage des transports aériens revienne au plus vite à des chiffres comparables à l'« avant-Covid » est consternant.

Mais il ne faut pas non plus oublier que derrière les abstractions, il y a des êtres vivants sensibles, humains et non humains. Un effondrement global et rapide induirait d'incommensurables souffrances – ce n'est pas théorique, on parle de nos enfants ou de nos amis – et en ce sens le pari du cynisme reste inacceptable. D'autant que rien n'assure que la renaissance conduirait à un réel plus enviable. Le « laisser faire » (vers la catastrophe) relève d'une faillite éthique, esthétique et scientifique.

Le défi consiste donc en un triptyque : développer les outils politiques, poétiques et philosophiques fondant un *tout autre monde* ; empêcher ce monde-ci de fonctionner sans quoi aucune révolution ne peut advenir (en accompagnant collectivement ceux qui feraient les frais des bouleversements associés) ; éviter la chute brutale dont les conséquences seraient désastreuses. Tout cela suppose une appétence réelle pour l'analyse qui dépasse le sentiment de connaître ou de comprendre une situation envisagée à partir d'un article superficiel ou d'un tweet malveillant. Et, surtout, le dépassement de la narration, parfois publique, de son propre vécu si on cherche une pensée digne de ce nom.

Il est temps de désenchaîner Prométhée et qu'un nouvel Eschyle conte sa connivence secrète avec l'aigle caucasien.

▶▶ ***Quelle est votre position face à la géo-ingénierie ?***

C'est une mauvaise blague. Elle dirait en gros : « Achevons de détruire cette planète et allons coloniser Mars. » Nous n'y parviendrons évidemment pas. Mais, de plus, cela relève de la plus abjecte logique. Ce que je nommerais : un auto-terrorisme. Qu'il soit possible de sereinement considérer que la mort de millions d'espèces et de milliards de milliards d'individus sensibles soit sans importance parce que quelques ultra-riches sans scrupules (qui auront largement participé à ce désastre) pourraient s'en sortir, dépasse littéralement mon entendement. Musk et Bezos sont les exemples archétypaux de voyous nuisibles, cyniques et dangereux. Ils parviennent à maculer – au sens littéral et symbolique – le dernier refuge que l'on pensait encore sacré et intouchable : le ciel nocturne et sa sidérante beauté.

▶▶ ***Quelles réflexions vous ont traversé dans les propos d'Emmanuel Macron au sujet de la 5G et des Amish ? Et de cette opposition quelque peu caricaturale entre Lumières et lampes à huile ?***

Il n'y a rien à dire sur ces propos : c'est juste triste. On voit ici l'immensité du chemin qui reste à parcourir et surtout l'absence de sérieux de ceux qui décident en notre nom. Plus que machiavéliques, nos prétendues élites sont incompétentes.

La 5G est une catastrophe. Elle engendrera une hausse considérable de la consommation à une époque où lutter contre devrait être notre obsession rationnelle. De plus, elle occasionnera la construction d'environ un milliard de nouveaux terminaux mobiles au niveau mondial avec des conséquences dévastatrices en termes de pollution et d'extraction de métaux rares (souvent permise par l'emploi d'enfants esclaves en Afrique). Enfin, elle développera la fracture numérique, les problèmes de cybersécurité et les pathologies d'addiction qui ne sont plus anecdotiques chez les jeunes.

Quel grand problème de société pense-t-on résoudre grâce à ce coût littéralement exorbitant ? Quel bénéfice extraordinaire vient contrebalancer ce risque extrême ? Aucun. Nous allons juste créer des dépendances nouvelles et intensifier des pratiques industrielles qui contribuent, elles aussi, à l'effondrement. La 6G est d'ailleurs déjà presque prête... Ubu n'est plus roi, il est divinité !

L'excellente satire cinématographique *Don't look up* résume parfaitement tous les éléments du rouage infernal de notre « société du spectacle », pour reprendre l'expression de Debord : règne du futile et pouvoir des médiocres.

▶▶ *Jean-Baptiste Fressoz et Fabien Locher, dans* Les Révoltes du ciel. Une histoire du changement climatique (XVe-XXe siècle), *disent ne pas avoir, au terme de leur enquête, « découvert l'origine d'une conscience écologique mais plutôt l'inverse : la fabrication industrielle et scientifique d'une forme d'apathie face à l'agir climatique ». Cette thèse fait état des perceptions sur quatre siècles, évoquant le climat comme la base des inquiétudes et des optimismes politiques, son rôle déterminant dans la justification des expansions coloniales…*

Êtes-vous surpris par cette conclusion qui fait du climat un sujet politique de premier plan, ce que nous avons voulu refouler un temps, pour notre malheur ?

Tout d'abord, rappelons que le climat n'est qu'un petit aspect du problème. Même sans le moindre degré d'élévation de température nous demeurerions dans la sixième extinction massive de la vie sur Terre. « Sauver le climat » sans revoir *totalement* nos valeurs et notre manière d'habiter l'espace n'aurait aucun intérêt.

Soyons clairs sur ce point important : disposer d'une source d'énergie presque inépuisable et essentiellement propre – par exemple la fusion nucléaire (projet ITER) – constituerait vraisemblablement la pire catastrophe possible. Ce serait le coup de grâce. En effet, le véritable problème réside dans *ce que nous faisons* de l'énergie, pas dans son origine. L'énergie est en grande partie utilisée pour détruire les conditions d'habitabilité de notre planète. Que la forêt soit rasée avec une énergie propre ou non est secondaire si elle est *in fine* rasée… Tant que nous considérerons que la construction d'un parking de supermarché en lieu et place d'un espace gorgé de vie est un « progrès », le bilan carbone n'aura pas vraiment d'importance.

Si le climat est une question politique, il est également une question démocratique. Soyons honnêtes à ce propos : il est illusoire de croire que l'inaction en la matière se résume à un « manque de démocratie ». Supposer que nos idées sont partagées par le plus grand nombre (ou le seraient si ce dernier était éduqué) relève autant de l'aveuglement que de l'arrogance. Pour autant, il est tout à fait certain – nous y reviendrons – qu'un renouveau démocratique est indispensable pour donner une chance à la nécessaire révolution.

En ce sens, il y a urgence à comprendre que la forme contemporaine des démocraties occidentales n'est pas l'organisation politique ultime et indépassable. Il est aisé de railler quelques régimes autoritaires qui sont évidemment bien pires que le nôtre. Mais il serait plus fécond d'étudier sereinement, avec humilité, les innombrables architectures sociales développées par tant d'autres cultures et d'apprendre de leurs expériences. L'Afrique, en particulier – « terre de scandale », comme l'écrivait le poète Sony Labou Tansi – pourrait devenir une force d'inspiration, à l'exact opposé de la vision paternaliste dans laquelle elle est généralement appréhendée depuis les pays du Nord.

Mais il faudrait que nos imaginaires prennent leur distance avec le mythe tenace du leader autoritaire et omniscient. Et surtout que nous désirions réellement aborder les questions de fond en dépassant l'obsession voyeuriste pour les « batailles de clashs » et les affaires de mœurs. Que nous renoncions à la réinterprétation immédiate de chaque élément de réel comme élément de divertissement. Tout le contraire de ce qui advient : quand le dérisoire est enfin surmonté, ce sont les pathétiques discours nationalistes et sécuritaires – créant exactement ce qu'ils feignent de vouloir conjurer – qui s'invitent dans le grand cirque politico-médiatique…

▶▶*Le mot « environnement » suppose un décor, un arrière-plan dont nous sommes le centre, la formule « développement durable » conforte l'idée du maintien de l'existant, l'expression*

« catastrophe naturelle » induit l'idée d'une nature responsable alors que la main de l'homme est rarement étrangère à la catastrophe si l'on suit l'enchaînement d'actions complexes, insidieuses, fines, collatérales qui la précède… Si la langue participe de l'invisibilité des problèmes, la recherche de la justesse ne doit-elle pas être une exigence première telle que la conçoit Albert Camus dans Sur une philosophie de l'expression *: « La critique du langage ne peut éluder ce fait que nos paroles nous engagent et que nous devons leur être fidèles. Mal nommer un objet, c'est ajouter au malheur de ce monde » ?*

Oui ! Le mot « environnement » est une horreur. Comme si la « vie » non humaine n'était qu'un grand parc de loisirs destinée à notre distraction… Comme lorsque la forêt est qualifiée de *poumon* de la planète : elle n'est pourtant pas un organe qui remplit une fonction, elle est une (large) partie du monde en lui-même. Elle n'est pas là pour nous permettre de respirer. Cette vision instrumentaliste n'est pas qu'une faillite éthique, c'est une aberration épistémique. Elle demeure néanmoins très répandue et il n'est pas rare que de longues discussions d'universitaires, dédiées à l'écologie, oublient purement et simplement les non-humains. Ils ne sont pas même réifiés, ils sont effacés.

L'idée de développement durable est scientifiquement intenable. Ça ne peut pas fonctionner. Une croissance exponentielle relève de ce qu'on nomme en physique une « instabilité » et cela mène nécessairement au crash du système considéré. Pour le dire comme le Club de Rome, qu'on le veuille ou non, la courbe des prélèvements ne restera pas longtemps au-dessus de celle des ressources. Et le rattrapage sera brutal.

Mais le problème est plus fondamentalement philosophique. De quel développement parle-t-on ? Le temps a-t-il été pris de s'interroger sur la direction que nous considérons comme méliorative ? En quoi l'affaissement culturel et biologique est-il un progrès ? Durable ou pas, la snapchatisation du monde est-elle vraiment un développement ? Cette question n'est pas sans lien avec celle de la réversibilité : comment la mort de milliers de milliards d'êtres vivants sensibles pourrait-elle être réversible ? Même s'il pouvait être pérenne – et ce n'est pas le cas –, un monde dévasté où règnent les robots et les data centers est-il souhaitable ?

Naturellement, ici Camus a raison. Le travail sur le langage est vital. Qu'on se souvienne que l'actuel président de la République française a intitulé son ouvrage programmatique... *Révolution* ! Une antinomie, littéralement. Quelle forme moins révolutionnaire nos orientations politiques auraient-elle en effet pu prendre ?

Nous nous sommes fait voler les mots. Ils sont dénaturés, dévoyés, mutilés. Nous ne gagnerons pas la bataille des dévoiements, des calomnies et des bassesses : reste le choix d'être poète. Construisons un avenir poétique, c'est-à-dire exigeant – presque intransigeant – et exploratoire. Car, cela, nos adversaires ne savent pas le faire. À ce jeu de la vie, ils ont déjà perdu.

▶▶ ***Voyez-vous un lien historique entre l'extinction du vivant et la part de plus en plus réduite laissée au lyrisme et à la poésie avec l'avènement de la société industrielle ? Comment l'art, les questions esthétiques et poétiques peuvent-elles accompagner le cœur même de cette révolution ? La poésie dont vous appréciez la précision, et, de façon plus large, la littérature, ne proposent-elles pas déjà un modèle au sens où les contraintes écologiques comme les contraintes stylistiques ouvrent des espaces de liberté insoupçonnés à travers des limites formelles rigoureuses ?***

L'art a un rôle essentiel à jouer. Non pas au titre de divertissement ou de distraction – ce n'est pas son rôle, Nietzsche et Ionesco le mentionnaient déjà – mais en tant que machine de guerre totale contre l'univocité du sens. Il ne s'agit plus de commenter ou de comprendre le réel : il s'agit de produire du réel ! C'est beaucoup plus important.

Ce qui tue aujourd'hui et avant tout, c'est notre manque d'imagination. Notre enlisement dans l'inertie. Nous avons bien d'avantage besoin d'artistes que d'ingénieurs face au désastre en cours : notre problème n'est pas technique, il est axiologique et ontologique.

L'art, la littérature, la poésie sont des armes de précision. Il va falloir les dégainer. Et n'avoir pas peur de ceux qui crieront au scandale et à la trahison. Je pense qu'il est d'ailleurs précisément temps de trahir. Non pas, évidemment, de trahir la parole donnée ou l'amitié promise. Mais de trahir l'héritage qui interdit l'ailleurs.

Même dans la situation exceptionnelle de la pandémie de Covid-19, nous nous sommes montrés incapables du moindre pas de côté. Les logements vacants ont-ils été réquisitionnés ? Les effrayantes et effarantes portes automatiques d'accès aux quais récemment mises en place dans les gares ont-elles été ouvertes pour éviter les attroupements ? Même les très petites choses n'ont pas été infléchies.

Avoir fait de la « liberté individuelle » l'alpha et l'oméga de toute pensée politique est un désastre.

Si la science peut évidemment aider en tant qu'outil diagnostique, elle ne peut pas, à mon sens, être au cœur de l'inchoatif révolutionnaire. Réagencer entièrement le rhizome du réel est une tâche bien trop lourde pour elle.

▶▶ *Vous accordez une grande place au symbolique comme un levier susceptible de transformer nos représentations du monde et propre à amorcer le changement nécessaire, ce qui suppose non seulement une prise de conscience solide mais également de travailler en profondeur nos structures psychologiques archaïques. Nous, humains qui sommes le fruit d'une si lente évolution, avons-nous les ressources, les moyens biologiques de notre bonne volonté, en l'admettant authentique et collective, pour nous adapter face à l'urgence ?*

Je ne suis pas convaincu par les arguments évolutionnistes. L'échec auquel nous faisons face n'est pas l'échec de l'humanité mais d'une petite partie de l'humanité qui emporte beaucoup d'autres vivants dans sa chute. D'innombrables autres cultures humaines ont développé des rapports au(x) monde(s) très différents de celui de la modernité occidentale.

▶▶ *« Le nouveau mythe doit s'écrire rapidement. Dans une fulgurance qui n'est pas sans risque. Il ne peut qu'être en rupture avec un certain héritage occidental cartésien rêvant l'homme "maître et possesseur de la nature". [...] Aujourd'hui, le héros ne peut être qu'un hybride. Un homme-animal qui se sait beaucoup plus et beaucoup moins que cet homme-dieu fantasmé par notre folie arrogante » (*Le plus grand défi*).*

Comment concevoir de nouveaux mythes ? Le mythe renvoyant à l'origine, il faudrait réoriginer le monde alors que nous sommes condamnés à le réorienter avec toutes les difficultés que cela suppose. De quels mythes faudrait-il se détacher ? Celui qui voit un sens à l'Histoire ? Celui du progrès ? Cela laisse-t-il supposer que les mythes ne sont que des constructions culturelles sur lesquelles nous aurions quelque pouvoir pour restructurer la psyché ? Au fond, ce qui ressort de la symbolique est-il accessible à la volonté ? Et même si c'était le cas, serait-ce souhaitable ? Ne risquons-nous pas de dérégler la chimie complexe de ce qui fonde l'être humain ?

Le mythe est le nom de cosmos se structurant en logos, écrivait le philosophe Jean-Luc Nancy récemment décédé. C'est vrai, évidemment. Mais peut-être, aujourd'hui, faudrait-il regarder plus loin. Finalement, Cosmos n'est pas premier dans la cosmogonie grecque. Il est le petit-fils de Chaos. Et les possibles ouverts par ce désordre qui est aussi faille, béance et retrait sont presque infinis et inexplorés. Je pense que c'est surtout sur logos (la langue, la rationalité) qu'il faut travailler. Logos, c'est le cœur du cœur de la métaphysique occidentale. Pour le meilleur et pour le pire. C'est ce qui a structuré toute l'histoire de cette partie du monde. Mais ce n'est pas le concept unique de la pensée humaine. Parfois, il me semble tout étriqué, presque mesquin ou chétif devant la Maât égyptienne…

▶▶ ***Vous nous invitez à reconsidérer les « hiérarchies de la violence », selon votre expression. Vous inspirez-vous de la préface de Jean Genet « Textes des prisonniers de la Fraction armée rouge et dernières lettres d'Ulrike Meinhof » ? Genet distingue la « violence », présentée comme un synonyme de vie et la « brutalité », ce qui brise la vie ?***

Évidemment je ne peux que souscrire à cette référence à Jean Genet. Outre la sublimité absolue de ses écrits poétiques et littéraires, le dernier tome de ses œuvres complètes, *L'Ennemi déclaré*, comporte des textes politiques d'une sidérante pertinence et d'un incroyable courage.

Les combats les plus légitimes sont aujourd'hui détournés. D'une part, se fait jour un étrange désir généralisé de s'exhiber en victime, de se sentir participer à la grande guerre… Une attitude pauvre qui montre l'incapacité à comprendre la *systémicité* d'un problème et qui soutient finalement ce qu'elle entend dénoncer. D'autre part, émerge un déni poli et condescendant émanant de qui échappe à la problématique considérée : posture éminemment vulgaire derrière sa mesure revendiquée.

Face à ces écueils, Jean Genet n'est pas un guide. Pas un mentor ou un inspirateur. Mieux : il est un impossible en acte. Un météore non consumé dans le ciel de la pensée. Un miracle inassignable.

Ce n'est ni par la création de commissions et de comités,

“Il s’agit de refondre les valeurs et les symboles. Si la direction ne change pas, le chemin suivi importe peu.

ni par l'instauration systématique du fameux « rapport de force », ni par la croyance aveugle au miracle technologique, qu'un *tout autre monde* pourra jaillir. Moins encore par militantisme médiatique ou jeu de représentation politique. Sans mentionner l'obscène vacuité des débats-spectacles télévisés. Tout cela est déjà mort. Il faut être beaucoup plus profond, plus subversif et plus élégant.

Lire les premières pages du *Journal du voleur* constituerait sans doute un premier pas décisif, entre audace et délectation. Il va falloir nager en eaux troubles. Et revendiquer l'incorrect.

Genet nous apprend une chose : la beauté n'est jamais consensuelle. Et rien n'est plus triste que de tenter d'être aimé par tous.

> *Michel-Ange exténué, j'ai taillé dans la vie*
> *Mais la beauté, Seigneur, toujours je l'ai servie.*

▶▶ ***Nous avions plutôt l'usage d'une opposition entre violence et non-violence dans les mouvances écologistes. On se souvient par ailleurs dans les manifestations de 2019 de banderoles qui affirmaient, contre la division artificielle (fin du monde/fin de mois), non seulement la compatibilité des combats mais aussi comment ceux-ci sont imbriqués de façon subtile et finissent par identifier un ennemi commun. Comme le signale Élisabeth Schneiter, dans*** **Les Héros de l'environnement*****, on compte chaque année plus de morts parmi les militants écologistes et un nombre toujours plus important de personnes intimidées et harcelées, en Afrique, en Amérique latine, en Asie, cela, à mesure que les perspectives s'assombrissent.***

Est-ce l'échec redouté de la non-violence qui invite à repenser l'action en recherche d'efficacité immédiate ? Citons une des conclusions de Günther Anders dans **La Violence : oui ou non. Une discussion nécessaire** ***: « Mais la paix n'est pas un***

moyen à mes yeux. C'est une fin. Elle ne peut être un moyen, parce qu'elle est la fin par excellence. Je ne supporte plus que nous restions là, les bras croisés alors que nos vies et celles de nos semblables sont menacées par des personnes violentes ; je ne supporte plus que nous hésitions à répondre à la violence par la violence. Le vers de Hölderlin, si prisé par les beaux parleurs : "Là où croît le péril croît aussi ce qui sauve" est tout simplement faux. Ce qui sauve n'a crû ni à Auschwitz ni à Hiroshima. Notre devoir est d'ajouter le principe suivant au nombre de ceux qui peuvent sauver : il faut détruire la menace en menaçant les destructeurs. » En partagez-vous l'idée ?

Le mantra de la non-violence est fatigant. Chacun est contre la violence, ce n'est pas du tout la question. Elle serait plutôt : que fait-on face à deux violences qui s'opposent ? Ou encore : laisser faire la violence muette ne relève-t-il pas d'une violence insidieuse plus terrible encore ? Une violence plus cynique et plus dévastatrice puisqu'elle offre le confort moral et l'impunité légale, tout en perpétrant l'exploitation la plus brutale. Il est temps d'être un peu sérieux avec ces questions et de cesser de jouer les vierges effarouchées quand un mouvement écologiste empêche de consommer pendant deux heures dans un centre commercial alors même que ce qui y est vendu contribue activement à l'affaissement de la vie sur Terre. Nelson Mandela, Madiba, est présenté comme un héros du triomphe non violent : il n'a pourtant jamais rendu les armes et a longuement expliqué qu'une stratégie pacifique ne fonctionnait que tant que l'ennemi utilisait la même approche.

Nous sommes tous « pour la liberté » et « contre la violence ». Évidemment. Mais que fait-on quand, précisément, la violence impensée obère la liberté la plus fondamentale, celle de pouvoir vivre ?

Je ne sais pas si la proposition d'Anders est universalisable, si elle est kantienne ! Les principes et contre-principes sont un peu usés. Ce qui importe aujourd'hui ce sont les circonstances, les spécificités de cet instable sans précédent. Peut-être Hölderlin n'a-t-il pas toujours tort et le péril sans précédent auquel nous faisons face engendrera-t-il la révolution sans équivalent dont nous avons besoin.

▶▶ *Parmi les critiques adressées à l'écologie s'exprime la crainte d'une restriction des libertés, il est vrai que, face à la mort qui plane, la pandémie, le terrorisme ont déjà, au nom de notre santé et de notre sécurité, modifié nos modes de vie de façon significative. Vous répondiez à cette crainte que « de la même manière que nous ne pouvons heureusement pas nuire trop fortement à autrui, s'assurer que nous ne puissions pas détruire trop facilement la vie sur Terre » serait raisonnable.*

Faites-vous un lien entre catastrophe climatique, pandémie, terrorisme ? Sommes-nous, en cette parcelle de ce monde, comme ailleurs avant nous – ceci dit avec toute la décence et les précautions possibles –, en train de passer à un autre mode qui tend vers la survie plus qu'à la vie ? L'espérance, d'une partie des solutions possibles, dans l'entraide et la solidarité de proximité n'est-elle pas en train de disparaître à coup de distanciation sociale et de surveillance généralisée ?

Il est tout à fait vraisemblable que l'élévation des températures entraînera une recrudescence de pandémies. La libération d'agents pathogènes associée au dégel du pergélisol y contribuera également. Pour ce qui concerne la pandémie de Covid-19, il est possible que sa cause soit liée à la diminution drastique des espaces vierges, imposant des croisements fréquents entre des animaux qui d'ordinaire ne se rencontrent pas, ce qui conduit les virus à franchir la barrière des espèces.

Il ne serait évidemment pas raisonnable de rabattre toutes les misères du monde sur la seule catastrophe écologique. Mais qu'un système de prédation généralisée contribue à exacerber une certaine indifférence à la vie, cela semble assez évident...

La distanciation sociale pendant la crise sanitaire ne me choque pas. Au contraire, elle constitue le geste minimal pour sauver des vies. Il n'y a vraiment rien de révolutionnaire à refuser l'effort dérisoire consistant à porter un masque pour diminuer le risque de donner la mort ! Au contraire, s'insurger contre cette infime attention relève plutôt de la caricature parfaite de l'Occidental gâté et tellement endoctriné par l'idée que « tout lui revient » que la moindre prise en compte de l'altérité lui est insupportable : archétype de l'individualisme mortifère érigé en mauvaise religion. Les positionnements anti-vaccin systématiques sont également, bien évidemment, irrationnels, dangereux et égoïstes. Ils doivent néanmoins être aussi analysés sociologiquement comme des gestes de rébellion de ceux à qui tout est refusé et qui répondent ici que le commun ne les concerne plus. Il est beaucoup plus simple et naturel de craindre un bouleversement majeur – y compris sanitaire – et de s'atteler à ce que l'essentiel reste en place quand on occupe une position privilégiée dans l'architecture sociétale. Comme toujours.

En revanche, oui, la mise en place de systèmes de surveillance de masse – indépendamment de la pandémie de Covid-19 – devient extraordinairement inquiétante. Je ne vois, pour être honnête, aucune évolution bienvenue de ce point de vue. Les lois françaises sur la sécurité globale et les fantasmes autour des prétendus séparatismes m'inquiètent au plus haut point.

Nous nous surfocalisons sur les effets sans travailler les causes. On ferme un abattoir où les animaux souffrent le martyre sans vouloir comprendre que notre mode d'alimentation impose structurellement cette souffrance. On s'indigne d'un tweet éminemment xénophobe mais on refuse de voir l'extrême violence des récentes dissolutions d'associations antiracistes. On impose des quotas de femmes dans telle ou telle représentation publique sans nous interroger sur les raisons qui poussent à devoir en arriver là. On s'horrifie de jeux érotiques mais on hypersexualise chaque élément de réel. Tout est à reprendre. Le réchauffement climatique, la pollution, l'effondrement des populations, l'acidification des océans, l'artificialisation des sols sont eux aussi des conséquences. On ne peut pas les résoudre sans travailler l'origine, c'est-à-dire le parti pris idéologique qui les engendre. Diriger l'extincteur vers le sommet des flammes ne permet jamais d'éteindre l'incendie.

Quant au terrorisme, c'est une question sérieuse. Et pour l'aborder sérieusement il faudrait commencer par se départir de l'usage du mot comme d'un bouclier pour s'empêcher de penser ! De penser les origines, les mécanismes, les responsabilités... De penser les guerres bien réelles, dans lesquelles nous sommes largement impliqués, mais qui demeurent virtuelles dans nos imaginaires. À moins que, précisément, nous ne souhaitions surtout pas comprendre les rouages et les causes du phénomène. Nommer « terrorisme » la violence de l'autre (le tout autre, l'abominable, l'innommable, le monstre donc !) pour mieux légitimer la sienne, c'est un peu facile et la ficelle est trop grosse.

En ce qui me concerne, je n'ai aucune compétence ni connaissance pour ce qui a trait aux poseurs de bombes. Mais j'ai acquis la conviction que les chantres de la croissance immodérée du PIB, que je connais bien mieux, participent à un terrorisme intérieur de la pire espèce. Sans risquer d'aucune manière le « fichage S ».

▶▶ *Dans le bel* Article des lucioles *de Pier Paolo Pasolini, daté du 1er février 1975, on peut lire ceci : « Au début des années 1960, à cause de la pollution atmosphérique, et surtout, à la campagne, à cause de la pollution de l'eau (fleuves d'azur et canaux limpides), les lucioles ont commencé à disparaître. Cela a été un phénomène foudroyant et fulgurant. Après quelques années,*

il n'y avait plus de lucioles. Aujourd'hui, c'est un souvenir quelque peu poignant du passé : un homme de naguère qui a un tel souvenir ne peut se retrouver jeune dans les nouveaux jeunes, et ne peut donc plus avoir les beaux regrets d'autrefois. » Que vous inspirent ces quelques lignes ?

Beaucoup de tristesse pour les lucioles et beaucoup d'amour pour Pasolini.

Pasolini écrivait aussi : « Je veux adresser mes véritables vœux à ceux qui sont en prison, quoi qu'ils aient fait (excepté les fascistes habituels) ; il est vrai qu'il y a en liberté de nombreux malheureux qui ont besoin de vœux toute l'année [...]. Mais je choisis les prisonniers pour des raisons polémiques, autre que pour une certaine sympathie naturelle due au fait que, consciemment ou non, volontairement ou non, ils restent les uniques véritables contestataires de la société. Ils sont tous des membres de la classe dominée, et leurs juges appartiennent tous à la classe dominante. »

Bien sûr, ce texte est scandaleux. Il serait aisé de convoquer mille cas spécifiques qui le rendent insupportable. Mais il reste pour moi bienvenu : la pensée qui ne dérange pas m'ennuie. La recherche de l'approbation de tous est pauvre. Il n'y a pas de grâce sans incompréhension.

▸▸ Pourriez-vous résumer votre analyse sur les scénarios possibles pour l'avenir et les modalités permettant de mettre en œuvre la meilleure solution ?

Je vais, pour une fois, tenter de faire une réponse très analytique, en m'en tenant à la dimension politique qui n'est pourtant pas la plus importante : à défaut de permettre la nuance, cela peut avoir le mérite de la clarté ! On peut grossièrement imaginer trois avenirs possibles à court terme concernant les questions qui nous occupent ici[1] :

---

1. Cette proposition émane d'une discussion avec Denis Dupré.

– La continuation du scénario en cours
– Une réforme substantielle
– Une révolution

▸▸ *Quelle tendance ?*

Le cas 1 est le plus probable. Il est celui qui se profile à partir de l'extrapolation de la dernière décennie. Malgré les annonces répétées et emphatiques concernant une transition écologique en cours, les mesures scientifiques ne laissent rien augurer de tel. Beaucoup d'indicateurs présentent même une accélération de la dégradation des conditions d'habitabilité de la planète lorsqu'elles sont étudiées de façon globale. Les hypothèses 2 et 3 demeurent à ce stade de pures virtualités.

▸▸ *Quels risques ?*

Le risque associé au scénario 1 est résumé par la formule laconique de l'ONU : « menace existentielle directe ». Ce scénario se solderait selon toute vraisemblance par un effondrement de la vie sur Terre, celui-ci étant déjà en cours. De toute façon, il ne perdurera pas – ne serait-ce que parce que les réserves d'énergie sont finies. La question est uniquement de savoir comment nous en sortirons. Par choix, en limitant les dégâts, ou forcés, dans une débâcle violente, en ayant maximisé notre pouvoir de destruction ?

Le scénario 2 est plus spéculatif. Il repose sur l'espoir, essentiellement dépourvu de fondement, qu'un infléchissement doux des valeurs et des comportements permettrait d'éviter une instabilité globale. Les mathématiques nous apprennent néanmoins qu'une courbe exponentielle tend rapidement vers l'infini et que changer la normalisation ne retarde que marginalement le passage des seuils d'irréversibilité. De plus, ce scénario se focalise sur le maintien de la stabilité sans intégrer le fait qu'un système puisse être parfaitement stable quoique terriblement violent. Il semble rationnellement probable qu'il ne conduise pas à une issue différente du précédent.

Le scénario 3 présente, lui aussi, des risques considérables. D'une part parce que la révolution en elle-même pourrait être brutale (l'Histoire ne manque pas d'exemple), d'autre part parce que le nouveau monde pourrait être pire que l'ancien (ce n'est pas non plus un cas rare). Il nous laisserait néanmoins une chance. Le « nous » étant à définir : les humains, les mammifères, les vivants...

▶▶ *Quels verrous à la bifurcation ?*

Malgré l'évidence de la catastrophe, nous demeurons enracinés dans le scénario 1 et l'action politique se borne pour l'essentiel à s'assurer qu'il n'en soit pas autrement. Le fait est que l'information n'a pas engendré l'action. Plusieurs raisons élémentaires dominantes peuvent être avancées, notamment :

– L'illusion d'une transition en cours (passage au scénario 2) est savamment entretenue.

– Le mirage d'un miracle scientifique à venir (viabilité du scénario 1) est distillé dans les imaginaires.

– La peur de l'inconnu (scénario 3) l'emporte sur le confort du connu, même quand ce dernier est à l'évidence en sursis.

– Le sentiment d'inéluctabilité (les scénarios 2 et 3 ne peuvent de toute façon pas avoir lieu) érode les velléités d'exploration.

– L'espoir d'une erreur généralisée des scientifiques (le scénario 1 serait en fait tenable) autorise l'immobilisme.

– Les tracas du moment (peu importe le scénario) ne permettent pas de se soucier sérieusement du plus long terme.

– L'excuse de l'inaction d'ailleurs (tel pays d'Asie demeure dans le scénario 1) cautionne l'inaction d'ici.

– Le « progrès » étant défini à partir du connu (scénario 1), il apparaît comme antagoniste aux alternatives.

– L'idée que les pays du Sud semblent souhaiter accéder aux scénarios 1 ou 2 légitime ces derniers.

– La catastrophe globale est rabattue sur sa seule dimension climatique, laissant croire qu'il s'agit d'un problème d'ingénierie.

▸▸ *Quelles modalités de déverrouillage ?*

L'essentiel des verrous relève, directement ou indirectement, d'une incapacité sociétale structurelle à intégrer la contingence des constructions et donc à envisager la possibilité même d'un autre monde. Et d'une incompréhension de la *nature* de la catastrophe. En dépit de son apparence théorique ou « intellectualisante », la modalité d'action la plus efficace consiste donc vraisemblablement à travailler sur les symboles, les valeurs et les désirs. Il est question d'interroger les régimes de signes et les édifices de sens. La migration ontologique – puisqu'il s'agit de redéfinir les étants fondamentaux – nécessaire ne peut pas être disciplinaire. Elle relève d'un effet de bord. Une fois de plus : les poètes sont bien plus essentiels et efficaces que les économistes, les physiciens et les politologues pour aborder la question. Travailler la beauté est plus urgent et plus radical qu'équilibrer son bilan carbone.

Les origines de l'immobilisme sont diffractées et le capitalisme est la conséquence plus que l'origine d'un enchevêtrement axiologique de prédation et de domination.

La science intervient au titre d'outil descriptif et projectif tandis que la technologie est pertinente en tant qu'outil praxique et constructif. Ni l'une ni l'autre ne fixe la direction. Leurs rôles sont importants mais ils ne peuvent pas, par définition, être *essentiels*.

▸▸ *Quelle évolution spécifiquement politique ?*

Le système représentatif desdites démocraties occidentales ne permet pas de faire face à la situation. Cette décrépitude politique par perversion interne s'est historiquement produite pour chaque type d'organisation et n'est pas spécifique à notre époque. Il est donc très certainement vain de chercher une modalité pérenne et durablement saine.

La dictature associée au pouvoir d'un(e) seul(e) est extrêmement efficace en temps de crise mais extraordinairement dangereuse pour d'évidentes raisons. La démocratie directe pilotée par référendum est socialement tentante mais reste tributaire de l'incompétence et du populisme.

Il semble que la voie la plus prometteuse soit celle des assemblées citoyennes – à condition qu'elles soient dotées d'un pouvoir législatif[1]. Consulté sur une question systémique, informé par des experts compétents, un ensemble de citoyens tirés au sort semble être à même de prendre des décisions justes et courageuses concernant les questions existentielles. N'ayant aucun intérêt politique à choisir des mesures démagogiques et court-termistes, formés sur le point considéré (bien plus que ne le sont usuellement nos dirigeants) et présents en nombre suffisant, quelques dizaines ou centaines de personnes aléatoirement choisies se révéleraient vraisemblablement en mesure de définir les cadres. La « sanction » ne serait plus attachée à la prochaine élection – ce qui ne peut pas faire sens dans le cadre de la catastrophe écologique et de sa temporalité – mais au fait de vivre (ainsi que sa descendance) les conséquences de ses choix.

Les écueils évidents des différentes modalités représentatives aujourd'hui à l'œuvre semblent pouvoir être assez simplement déjoués par cette option.

Il est clair qu'une telle refonte constitutionnelle concer-

---

1. Une belle tentative en ce sens a eu lieu avec la Convention Citoyenne pour le Climat. Les recommandations, pourtant timides, formulées par celle-ci ayant été filtrées et coupées par l'exécutif, l'exercice a hélas tourné à l'opération de communication.

nant le pouvoir législatif ne pourrait se passer d'arbitrages exécutifs qui, remis à leur juste dimension (secondaire et gestionnaire), coordonneraient les exigences et les intérêts. Il s'agirait alors nécessairement de réinventer un sens local en vertu des règles érigées d'un commun global.

Ce temps exige plus que tout autre l'entraide et la solidarité, c'est presque une question pratique plus que morale. Partout, ou presque, les idées d'une droite dure fleurissent pourtant, raflent les suffrages et nient les fondamentaux de ce qui devrait nous lier. L'optimisme est un pari difficile et je ne miserais pas sur une issue radieuse.

Qu'une évolution politique telle que suggérée ici finisse, comme toutes les précédentes, par pourrir et s'ankyloser semble tout à fait inévitable. Mais, par un effet de surprise sur nos schèmes sclérosés, elle pourrait ouvrir un possible. Autoriser une petite revanche d'Antoine sur Octave. Tout en ne constituant, au mieux, qu'un accompagnement de l'épiphanie philosophique et symbolique qui demeure le cœur de l'indispensable.

Une question reste ouverte : un système peut-il permettre sa propre refondation en autorisant la révolution qui le récuserait ? Rien n'est moins sûr.

Il faut une révolution politique, poétique et philosophique est une version revue et actualisée de l'entretien d'Aurélien Barrau par Carole Guilbaud paru en mai 2021 dans *Apulée #6*.

Apulée est une revue annuelle de littérature et de réflexion initiée par Hubert Haddad, engagée dans la défense indéfectible des libertés, attentive aux œuvres vives du Maghreb et de la Méditerranée, de l'Afrique et au-delà, dédiée à la fiction, aux débats de pensée, à la poésie, au croisement des langues et à la traduction, aux voix nouvelles, lointaines ou proches, aux voix du monde.

Apulée #1 Galaxies identitaires (épuisé)
Apulée #2 De l'imaginaire et des pouvoirs
Apulée #3 La guerre et la paix
Apulée #4 Traduire le monde
Apulée #5 Les droits humains
Apulée #6 Changer la vie
Apulée #7 Des libertés

www.zulma.fr

Couverture et maquette intérieure : Laure Schaufelberger
Achevé d'imprimer en juin 2022 par l'imprimerie NRI s.a.s.
pour le compte des éditions Zulma à Veules-les-Roses

ISBN : 979-10-387-0129-8
Dépôt légal : mai 2022
Imprimé en France
N° d'imprimeur : 2202985